AF145218

Daniela Kickl

Der Führer durch den türkis-blauen Sommer

Wir tauschen die Touristen aus
und erschließen neue Routen

Bibliografische Information der Deutschen
Nationalbibliothek
Die Deutsche Nationalbibliothek verzeichnet diese Publikation in
der Deutschen Nationalbibliografie; detaillierte bibliografische
Daten sind im Internet über http://dnb.dnb.de abrufbar.

ISBN: 978-3-7357-6042-5

Der Führer durch den türkis-blauen Sommer – Die wärmende Einbegleitung

Seit mehr als einem Jahr erfreut sich Österreich einer neuen Regierung. Ganz Österreich? Nein! Eine Gruppe von unbeugsamen Österreicherinnen und Österreichern hört nicht auf, sich an dieser Regierung genau nicht zu erfreuen.

Egal, ob man Fan von Basti, Bumsti & Co, wie sie liebevoll genannt werden, ist oder eben doch nicht. Diese Regierungsmannschaft inklusive parlamentarischer Anhängsel dient jedenfalls der Inspiration sowie der Erheiterung, zumindest wenn man Humor auch als Überlebensstrategie praktiziert.

Manchem Fan reicht das bloße Huldigen und der schnöde Lobgesang längst nicht mehr aus. Sie wollen mehr. Sie brauchen mehr. Dabei unterstützt dieser hier vorliegende *Führer*, der Zweite seiner Art.

Das Wort *Führer* ist völlig zu Unrecht wegen des Einen, der sich so nennen ließ, in Verruf geraten. Ein Führer ist vielmehr auch, vor allem im vorliegenden Kontext, ein Ratgeber, Wegweiser oder Handbuch.

Was tun Otto Normalanhimmler und Maximiliane Mustergültig nicht alles, um ihren Vorbildern nachzueifern! Und gerade der Sommer bietet sich an, um den Helden mehr als nur nahe zu sein.

Sie darzustellen, all ihren Glanz auch einmal regelrecht verkörpern zu können, das ist es, was den wahren Fan zu Begeisterungsstürmen veranlasst.

Aber wie legt man seinen Sommer an, wenn man ihnen, den großen Helden der Zeit, nacheifern will?

Dieser Frage geht der hier vorliegende *Führer* nach. Um keine persönlichen Präferenzen seitens der Autorin durchschimmern zu lassen, sind die Auserwählten in alphabetischer Reihenfolge sortiert.
Nicht jedes Mitglied dieser Regierung hat es in diesen *Führer* geschafft. Nur die Besten der Besten sollen uns als Vorbild und zur Nachahmung dienen dürfen. Dafür hat es einer geschafft, der gar nicht zur Regierung gehört, jedoch durch seine Leistungen außerhalb des Nationalrats keinesfalls in Vergessenheit geraten darf.

~ ~ ~

Lieber Daham oder unter der Palm?

So ein Sommer ist ziemlich lang und so stellt sich die Frage, ob man selbigen vorzugsweise Daham, also zu Hause verbringen will oder nicht doch lieber unter tropischen Palmen.

Oftmals ist es weniger eine Frage der persönlichen Präferenzen denn des Geldbörsels, welche Variante man vorzieht. So ehrlich muss man schon sein.

Aber es ist natürlich auch Kreativität gefragt. Der nachfolgende Fragebogen soll dir helfen, deinen optimalen Sommer zu planen. Und gleichzeitig ausloten, welcher der türkis-blauen Heldinnen und Helden am ehesten für dich in Frage kommt.

Frage 1: Liebst du es eher warm oder eher kalt?

o   Ich krieg die ganze Zeit kalt-warm, also wuascht

o   Nur die Wärme ist gut für die Därme

o   Kälte ist nix für Weicheier

o   Mir ist alles wuascht, Hauptsache weg

Frage 2: Verfügst du über einen Balkon, Terrasse oder Garten?

o   Terrasse, die nutze ich zur Tomatenzucht [1]

o   Balkon

o   Was heißt hier Garten? Eher einen Park!

o   Willst du mich frotzeln?

Frage 3: Wie geht's deinem Geldbörsel?

o   Zwiebelleder – beim Aufmachen kommen die Tränen

o   Dem geht's super. Ist unbelastet von Gewicht

o   Keine Ahnung. Ich kann es nicht finden

o   Geldbörsel? Ich habe mein Vermögen in Steueroasen

Frage 4: Bist du eher links oder rechts?

o   Das kommt auf den Globus an

o   Was hat das mit meinem Urlaub zu tun?

o   Bei mir geht's eher bergauf und bergab

o   Das kommt darauf an

Frage 5: Lieber Abenteuerurlaub oder Entspannung?

o   Die wahren Abenteuer sind im Kopf

o   Mein Leben ist spannend genug

o   Auf die Mischung kommt es an

o   Ich lebe unter türkis-blau, das ist Abenteuer genug

Frage 6: Wählst du die ÖVP?

o   Das fällt unter das Wahlgeheimnis

o   Beim letzten oder nächsten Mal?

o   Kann mich nicht erinnern

o   Ich kann schweigen wie der Basti

Frage 7: Findest du, dass die FPÖ die einzig wahre *"soziale Heimatpartei"* ist?

o   Wer, wenn nicht sie?

o   No na ned

o   1,3 Millionen Ösis sehen das auch so

o   Und die Sozialministerin personifiziert sie

Frage 8: Was verstehst du unter *"Veränderung"*?

o   Ist das das, was der Basti macht?

o   Die Transformation von schwarz nach türkis

o   Mit dem Geilomobil funktioniert das

o   Vorher ist was gut, nachher nicht

Nachdem wir nun deine Lebensumstände abgeklopft haben, kannst du wie immer keine Auswertung erwarten. Es geht lediglich darum, dass du dir selbst darüber klar wirst, was du eigentlich willst. Und welche Möglichkeiten dir zur Verfügung stehen.

Anhand der folgenden drei Faktoren hast du einen raschen und guten Überblick, welchem deiner Helden du nacheifern willst:

Einsatzfaktor: nicht jeder ist für jede Destination geeignet

Spaßfaktor: gibt an, wie viel Spaß du haben wirst

Luxusfaktor: wieviel Investment ist nötig

~ ~ ~

Blümel, Gernot – Der Blödsinn ist immer und überall

Einsatzfaktor	✈ ✈ ✈ ✈ ✈
Spaßfaktor	😈
Luxusfaktor	♛ ♛ ♛ ♛ ♛

Einsatzfaktor ✈ ✈ ✈ ✈ ✈

Du bist jung, du bist fesch, du bist Minister. Damit bist du überall ein gern gesehener Gast und kannst deshalb deinen Urlaub dort verbringen, wo immer du willst.

Spaßfaktor 😈

Um glaubwürdig als Gernot Blümel den anderen Urlaubern den Aufenthalt zu vermiesen, hast du eigentlich nur eine Aufgabe! Was immer deine neuen Bekanntschaften von sich geben, du antwortest mit einem herzerfrischenden und ehrlichen *"Das ist ja Blödsinn, was Sie da reden!"*[2] Um Langeweile oder Unmut seitens deiner Zuhörer vorzubeugen, kannst du auch zu einem Referat über die zwar nicht vorhandene, aber dir am türkisen Herzen liegende Ausweispflicht für alle greifen. Der Spaßfaktor für die Anderen wird sich dennoch in Grenzen halten, weshalb Gernot Blümel die erste Wahl für alle Spaßbremsen darstellt.

Luxusfaktor ♛ ♛ ♛ ♛ ♛

Weil du so jung und fesch bist und außerdem ein schickes Gehalt beziehst, bist du freilich verpflichtet, deinem Ruf gerecht zu werden und immer wie aus dem Ei gepellt auszusehen. Nimm auf jeden Fall einen professionellen Fotografen mit auf deine Reise, damit du auch für die sozialen Medien immer die richtigen Bilder hast.[3)]

Bei der Auswahl deines Hotels nimmst du daher auch nur das Schickste vom Schicken, da du sonst zu sehr auffallen würdest. Achte unbedingt darauf, dass du nur in Anlagen verweilst, die ihren Mitarbeitern gute Gehälter zahlen. Denn schließlich weißt du, ganz wie dein Chef und Freund, seine Kürzlichkeit, dass *"wer arbeiten geht, nicht der Dumme sein darf"*.[29)]

~ ~ ~

Hartinger-Klein, Beate – Die Wärme ist immer und überall

Einsatzfaktor	✈✈✈
Spaßfaktor	😈😈😈😈😈
Luxusfaktor	♛

Einsatzfaktor   ✈✈✈

Als KHB (nicht zu verwechseln mit dem schönen KHG) bist du in deinen Einsatzgebieten eingeschränkt. Das liegt daran, dass du *"die Wärme"*[4] und deshalb für Gebiete, in denen es eh schon warm ist, nicht geeignet bist.

Empfohlene Destinationen sind daher: Alaska, Grönland, Norwegen, Finnland oder Sibirien. Selbstverständlich steht dir auch der Süden der südlichen Hemisphäre zur Verfügung, weil dort praktischerweise Winter ist.

Spaßfaktor   😈😈😈😈😈

Als KHB bist du definitiv als Publikumsmagnet geeignet. Du läufst den ganzen Tag durch die Strassen und rufst *"ICH bin die Wärme"* oder *"Ich BIN die Wärme"* oder *"Ich bin die WÄRME"*.

Solch ausgefeilte Nuancen in deinen Auftritten werden deine Mitmenschen beeindrucken. Manch einer wird vielleicht meinen, du hast einen Klopfer. Lass dich davon keinesfalls irritieren. Nicht jeder ist unmittelbar geeignet, deine Botschaft zu verstehen.

Als Alternativprogramm zur Wärme kannst du auch *"Wer schafft die Arbeit?"*[5] fragen. Beachte dabei unbedingt, deine Stimme in Kreischmodus zu versetzen, ansonsten wirkt es nämlich nicht authentisch.

Sollten ungebildete Mitmenschen nicht gleich eine Antwort parat haben oder gar wie zuvor meinen, du hast einen Klopfer, kläre sie bitte auf: *"Die Wirtschaft schafft die Arbeit!"* Vergiss nicht, den Kreischmodus beizubehalten. Würze deine Aufklärung mit einem deftigen *"Merkt's euch das einmal!"* und du kannst dir sicher sein, dass die Frage nach deinem etwaigen Klopfer heftigst diskutiert wird.

Solltest du bereits Raucher(in) sein, dann eignet sich das Gelbe im faulen Regierungsei besonders zur Nachahmung. Falls nicht, solltest du deine Einstellung schleunigst überdenken. Als KHB rauchst du immer und überall, vorzugsweise im Restaurant, der Gastwirtschaft oder wo immer du zu speisen gedenkst. Lass dich keinesfalls davon abbringen, dass dieses Vorgehen in deiner Urlaubsdestination unerwünscht ist. Du argumentierst mit der *"Gastfreundschaft"* [6], die du eben in der Rolle als Gast erwarten kannst.

Möglicherweise wird wird in deiner näheren Umgebung die Frage nach dem Klopfer aufs Tapet gebracht. Das bist du gewohnt und motiviert dich nur umso mehr.

Luxusfaktor ♛

Als KHB weißt du, dass man lockerst mit 150 Euro im Monat[7] leben kann, weshalb du auch nur 75 Euro für deine zweiwöchige Reise benötigst.
Du darfst entsprechend nicht gar so anspruchsvoll sein. Flugzeug fällt schon mal aus, Bahnfahren sowieso. Deshalb wählst du das gute alte Trampen. Das ist kostengünstig und sowieso viel lustiger. Außerdem kannst du dich bei dieser Gelegenheit auch gleich rhetorisch aufwärmen und deine Sätze für den Urlaub üben.

Auch bei der Unterkunft darfst du nicht allzu wählerisch sein. Ein gemütliches Hostel mit Schlafsaal sollte deinen Ansprüchen genügen.
Was du aber auf jeden Fall machen kannst, ist, deine in *"Spaßfaktor"* beschriebenen Aktivitäten zu vermarkten.
Je nachdem, wie deine Umwelt auf dich reagiert, kannst du mit den Alternativen *"Ich mache weiter, bis es auch der letzte Depp kapiert hat"* oder aber auch *"Was zahlt's ihr, wenn ich aufhöre"* deine knappe Urlaubskasse ein wenig aufpeppen.

~ ~ ~

Höbart, Christian – Per Anhalter zum Anhalten

Einsatzfaktor	✈✈✈✈✈
Spaßfaktor	😺😺😺😺😺
Luxusfaktor	♛♛♛

Einsatzfaktor   ✈✈✈✈✈

Obwohl kein Regierungsmitglied, sondern nur blauer Abgeordneter zum Nationalrat, soll dir der Weg in den Abenteuerurlaub als Christian Höbart nicht verwehrt bleiben. Für den Urlaub als *"Marokkanerschreck"* [8] eignet sich jedes Land, wenngleich natürlich Marokko schon ein besonderes Zuckerl darstellt. Du solltest dich ohnehin nicht explizit auf *"Marokkaner"* festlegen, da das Böse ohnehin immer und überall ist und auch in Gestalt anderer Nationalitäten in Erscheinung treten kann.

Spaßfaktor   😺😺😺😺😺

Als Christian *"Höbi"* Höbart bist du stets für jeden Spaß bereit. Besonders dein Faible für das Anhalterecht sorgt für heitere Stunden hie und dort und allerorts.

Begib dich dazu in den nächstgelegenen Supermarkt und schleiche dort unauffällig durch die Gänge. Deine einzuschulenden Miturlauber folgen dir auf leisen Sohlen. Halte Ausschau nach möglichst ausländisch aussehenden Kunden.

Es ist in keinster Weise ausschlaggebend, ob der Auserkorene tatsächlich einen auf Zappzarapp macht und Ware in seiner Tasche oder seinem Mantel verschwinden lässt. Es reicht völlig, wenn du ihn bei nächster Gelegenheit festhältst und des Diebstahls bezichtigst. Du nimmst den Angehaltenen mit zur Kassa und informierst das Personal, dass du einen Ladendieb gestellt hast. Bestehe unbedingt darauf, dass die Polizei gerufen wird. Nur so kann deine Heldentat auch offiziellen Status erreichen.

Sollte dir der Weg zum Supermarkt zu strapaziös erscheinen, kannst du deine Fähigkeiten auch in der Ferienanlage zum erblühen bringen. Schare auch hier wieder einige vertrauenswürdige Miturlauber um dich und durchstreife mit ihnen morgens den Frühstückssaal. Beobachte genau, welcher Gast eindeutig zu viel vom Buffet nimmt und schließe daraus, dass hier nicht bei Tisch konsumiert, sondern für späteren Verzehr mitgenommen werden soll. Am Abend eignet sich eine Runde um die Poollandschaft. Hotelhandtücher sind bekanntermaßen begehrte Objekte, die sich nicht nur zum Abtrocknen, sondern vielmehr als Souvenir eignen.

Egal, ob du jemanden beim Frühstück oder am Abend beim Pool erwischt hast, du informierst sofort das Hotelpersonal. Sollte deren Kooperationsbereitschaft zu wünschen übrig lassen, gehst du zum Hoteldirektor persönlich. Falls auch dieser deinen Einsatz für Recht und Ordnung nicht im gewünschten Ausmaß goutiert, rufst du eben selbst die Polizei.

Auf deiner Facebookseite erzählst du deinen Fans von deinem Mut und Einsatz und lässt dich feiern. Sollten irgendwann Berichte auftauchen, dass die von dir Angehaltenen gar nichts geklaut haben, so machst du daraufhin *"gewisse Medien"* verantwortlich und bleibst selbstverständlich bei deiner eigenen Darstellung der Ereignisse. Deine Fans werden dich noch mehr lieben, denn du bist nicht nur mehr der Held im Supermarkt, sondern vielmehr jener Tapfere, der sich von nichts und niemanden unterkriegen lässt. Die Frage, ob du zurecht oder zu Unrecht gehandelt hast, ist damit irrelevant.

Luxusfaktor   ♛ ♛ ♛

Für den echten Profi beim Anhalterecht ist es nur recht und billig, per Anhalter den wohlverdienten Urlaub anzutreten. Solltest du den Kontinent verlassen wollen, so nutze die Anhalte(r)möglichkeiten jedenfalls für Autofahrten, ggf. auch für Schiffsreisen. Beim Flugzeug sind die Möglichkeiten eher eingeschränkt, was aber nicht bedeutet, dass du darauf verzichten musst. Wichtig ist lediglich, dass du vom und zum Flughafen per Anhalter fährst. Das unterstreicht deine Höbi-Note und stimmt dich auf deinen Urlaub ein.

~ ~ ~

Hofer, Norbert – Der Assistent fürs Abbiegen

Einsatzfaktor	✈ ✈ ✈ ✈ ✈
Spaßfaktor	😈 😈
Luxusfaktor	👑 👑 👑 👑 👑

Einsatzfaktor ✈ ✈ ✈ ✈ ✈

Als Minister für Verkehr, Innovation und Technologie bist du selbstverständlich für jeden Urlaubseinsatz bestens vorbereitet. Immer und überall. Allerdings ist von Reisen in warme Gefilde eher abzuraten, da du zum Kreislaufkollaps neigst.[9]

Solltest du dennoch nicht auf Sonne und damit einhergehende Hitze verzichten wollen, so reservierst du dir am besten ein Hotelzimmer im Erdgeschoß. Sollte dein Handy anlässlich eines Kollapses wieder aus dem Fenster plumpsen, so wird es wenigstens kaum beschädigt.

Spaßfaktor 😈 😈

Du bist selbst kein Kind von Traurigkeit und hast schon mal den einen oder anderen total witzigen Sager auf den Lippen, wie zum Beispiel *"Reden Sie mit einer Flasche, die redet nicht zurück"* [10]. Du verwendest deine niveauvollen Phrasen freilich nicht verschwenderisch gegenüber Krethi und Plethi, sondern nur bei Konversationen mit Hoteldirektoren und ähnlich wichtigen Persönlichkeiten.

Dein Auftreten begeistert jedoch nicht alle, weshalb du Kommentare aus dem Proletariat mit Klagen bedenkst [11]. Daher ist der gesamte Spaßfaktor als Norbert Hofer eher auf der müden Seite zu suchen.

Luxusfaktor 👑 👑 👑 👑 👑

Was du an Spaß und Freude zu wenig verbreitest, machst du mit Luxus wieder wett. Deine Anreise ist nämlich per Lufttaxi [12] zu bestreiten. Diese Passagierdrohne ist quasi dein Steckenpferd, das du auch bereits getestet hast.
Glücklicherweise braucht dieses Fluggerät auch keinen Abbiegeassistenten [13], was mit ein Grund für dich ist, warum du es toll findest. Dass diese fliegenden Taxis technisch ausgereifter sind als ein popeliger Abbiegeassistent wird jedem einleuchten. Falls doch nicht, dann erklärst du einfach, dass wieder einmal die EU mit ihren ganzen Rechtsnormen schuld daran ist, dass du den Assistenten nicht verpflichtend einführen kannst.

~ ~ ~

Kickl, Herbert – Gut geritten ist halb abgeschoben

Einsatzfaktor	✈✈
Spaßfaktor	😈😈
Luxusfaktor	♛♛♛

Einsatzfaktor   ✈✈

Als Innenminister ist die Auswahl der Urlaubsdestination eingeschränkt. Eigentlich solltest du, loyal und heimattreu wie du nun einmal bist, gar nicht ins Ausland reisen. Wenn es sich aber nicht vermeiden lässt, dann nimmst du freilich nur Länder, in die du abschieben lässt. Afghanistan eignet sich in jedem Fall. Als Wendy-Abonnent weißt du, dass das dort weit verbreitete *"afghanische Pferd"* ein drahtiges Gebirgspony ist, das mutig, gelassen, ruhig, trittsicher, hart und ausdauernd[14] ist. Diese Reit- und Trageponys könnten ausschlaggebend für die Wahl deiner Destination sein.

Spaßfaktor   😈😈

Als aktueller Innenminister bist du für Vieles bekannt, jedoch nicht für deinen Humor. Insofern ist auch der Spaß, den du verbreitest, nicht sonderlich üppig. Um dennoch nicht aus der afghanischen Bergpension oder dem österreichischen Hotel am See gejagt zu werden, stehen dir bescheidene Mittel zur Unterhaltung deiner Mitreisenden zur Verfügung.

1) Das Philosophieren

Bei jeder passenden wie unpassenden Gelegenheit erklärst du deiner Umgebung, was du von so manchem neumodischen Zeugs wie bspw. der Homoehe hältst. Egal, wie genau du es formulierst, *"Erhalt des Volkes"* sowie *"fortpflanzungsfeindlich"* [15] müssen jedenfalls darin vorkommen.

Wenn du selbst bei besonders guter Laune bist, kannst du natürlich weiter ausholen und über die zerstörerische Wirkung der 68er referieren. Dazu passend vermittelst du selbst *"Orientierung, Geborgenheit und Heimat"*. [16]

Sollten deine Urlaubskollegen auf die Idee kommen, das von dir Dargebrachte in Zweifel zu ziehen oder gar zu Widerworten ansetzen, konterst du mit dem philosophisch einwandfreien Aphorismus *"Ich habe Recht, Sie haben Unrecht"*. [17]

2) Die Reitstunde

Um zumindest dir selbst zu ein bisschen Spaß zu verhelfen, empfiehlt sich die gepflegte Reitstunde. Da du als Innenminister jedoch unabkömmlich bist und die Republik nicht der Gefahr aussetzen darfst, dich zu verlieren, lässt du dein Pferd vom professionellen Führer führen. Sicherheitshalber lässt du dich auf dem Gaul festbinden. Um deinen Heldenstatus aber nicht zu gefährden, bindest du eine hübsche Decke um den geschnürten Bauch, deren Ausläufer du dezent wie elegant über dem Hinterteil des Reittiers plazieren lässt. Wichtig ist das Strahlen nach Honigkuchenpferdmanier. [18] Das erweicht auch das Herz des strengsten Kritikers.

3) Die Reise nach Afghanistan

Im Rahmen abendlicher, vergnüglicher Veranstaltungen kannst du eine Abwandlung der Sesselpolonaise, auch *"Reise nach Jerusalem"* genannt, zum Besten bringen. Bei deiner *"Reise nach Afghanistan"* gewinnt jener Teilnehmer, der am Ende den letzten Sessel ergattert, eine gemütliche Abschiebung nach Afghanistan.[19] Dabei ist zu beachten, dass du dieses Spiel nur dann startest, wenn du nicht gerade in Afghanistan auf Urlaub bist. Sonst ist es nämlich fad.

Luxusfaktor ♛ ♛ ♛

In der Rolle des Innenministers kannst du die ganze Bandbreite wählen und dennoch authentisch wirken. Ob du nun ganz ministerial im Luxushotel weilst oder doch das Feldbett bevorzugst – du bist immer Herbert Kickl. Beim Feldbett ist einzig zu beachten, dass dieses nicht in einem schnöden Schlafsaal bei deinen Volksuntertanen steht, sondern in einem Extrakammerl.[20] Optimalerweise wählst du die kombinierte Version aus schicken Hotelzimmer mit angeschlossenem Kammerl inklusive Feldbett. Dorthin kannst du dich, wenn es die Umstände erfordern, zurückziehen und außerdem darauf hoffen, dass die Medien dich als Helden des Feldbettes feiern. Das kann dir angesichts in Abgründen grundelnder Vertrauenswerte[21] nicht nachteilig sein.

~ ~ ~

Kunasek, Mario – Stets in Verbindung bleiben

Einsatzfaktor	✈✈✈✈✈
Spaßfaktor	😺😺😺😺😺
Luxusfaktor	♕♕

Einsatzfaktor	✈✈✈✈✈

Als Minister für Landesverteidigung bist du grundsätzlich überall richtig. Man weiß schließlich nie, was kommt. Insofern kann eine Sondierung jedweden Terrains schon mal nicht falsch sein. Auch nicht in entspannter Urlaubsatmosphäre.

Dennoch sollte deine Priorität auf Nord-Afrika liegen. Auch wenn es hundert Mal Satellitenaufnahmen und das ganze neumodische Zeugs gibt, so geht doch nichts über eine Vorab-Inspektion des zu besetzenden Gebietes.[21] Im Rahmen von geführten Touristenexpeditionen solltest du dich besonders für weitläufige Plätze interessieren, die du aus allen denkbaren Perspektiven fotografierst. Um das Interesse deiner Mitreisenden zu wecken, lässt du hin und wieder Wörter wie *"Besetzung"* und *"Anlandeplattformen"* fallen. Der eine oder andere historisch Bewanderte freut sich vielleicht auch über Kommentare zu Erwin Rommel. Solltest du so jemanden finden, kannst du ihn in dein Auskundschaften miteinbeziehen.

Spaßfaktor

Als Verteidigungsminister bist du in jedem Fall eine Stimmungskanone. Im Hotel veranstaltest du lustige, abendliche Runden unter dem Titel *"Stille Post reloaded"* und zeigst bei deinen Spielen, wie wichtig die korrekte Kommunikation ist.

Bei den Sätzen, die du zum Spielen vorgibst, greifst du auf das bewährte Vokabular zurück. Beachte dabei, dass du unbedingt das Binnen-I streichst[23], das in deinen Worten *"Besetzung"* und *"Anlandeplattformen"* ohnehin nicht vorkommt. Argumentiere diese Maßnahme mit der Struktur der Muttersprache.

Die besten Mitspieler werden dann mit dem Titel *"Verbindungsoffizier"*[24] versehen und strategisch während des gesamten Urlaubs verteilt. Zumindest die Küche, die Rezeption und die Handtuchverteilzentren werden von den neuen Verbindungsoffizieren infiltriert.

Dabei gilt es nicht nur zu beachten, dass deine Offiziere untereinander in Verbindung bleiben, sondern vor allem dir selbst alles erzählen. Bereite dich darauf vor, dass die Hotelleitung deine Maßnahmen nicht allzu sehr schätzt und mit dem Hinweis auf die bestehende Hausordnung gar schwer bedenklich findet. Du erklärst einfach, dass Verbindung und Kontakt halten auch für Feriengäste das oberste Prinzip ist. Außerdem unterstützt du lediglich die abteilungsübergreifenden Abläufe. Dagegen werden sie nichts sagen können.

Luxusfaktor   ♛ ♛

Als Verteidigungsminister bist du de facto Oberbefehlshaber
des Bundesheers und brauchst deshalb nicht viel Luxus. Natur-
gemäß wirst du nicht im Schlafsaal mit den anderen Urlaubern nächtigen, aber Luxushotel geht halt auch nicht. Wegen
der Vorbildwirkung.
Insofern eignet sich dieser Minister besonders dann, wenn
dein Geldbörsel nicht allzu prall gefüllt ist.

~ ~ ~

Kurz, Sebastian – Schweigend durch die Prärie oder wo immer

Einsatzfaktor	✈✈✈✈✈
Spaßfaktor	😺😺
Luxusfaktor	♛♛♛♛

Einsatzfaktor ✈✈✈✈✈

Als Kanzler bist du vielleicht nicht überall gerne gesehen, aber jedenfalls allerorts einsetzbar. Der Vorteil deiner Jugend liegt auf der Hand, weshalb faktisch jede Destination für dich in Frage kommt. Vom Segelfliegen in den Anden über Wanderungen entlang der Balkanroute bis hin zum Katamaranfahren am Mittelmeer – seiner Kürzlichkeit ist nichts zu anstrengend oder zu schwer.

Ganz im Gegenteil bist du Gegenwind[25] nicht nur gewohnt, dafür bist du sogar extra auf Reisen gegangen. Egal für welche Destination du dich entscheidest: wichtig ist das geeignete Gastgeschenk. Solltest du gerade keinen Lipizzaner[26] zur Hand haben, borgst du dir ein Polizeipferd vom Innenminister aus. Zur Not nimmst du eines der lahmenden Orban-Pferde[27]. Wenn das Pferderl nicht viel geht, fällt die kleine Unpässlichkeit eh niemandem auf.

Spaßfaktor 😈😈

Wenn du von Natur aus nicht allzu sehr zum Plappermäulchen tendierst, ist der Spaßfaktor zwar bescheiden, aber dafür eignet sich die Rolle des Kanzlers besonders gut. Du kannst locker schweigend durch die Lande ziehen und niemandem fällt es auf. Im Gegenteil kannst du sogar damit angegeben, dass dir zu Ehren der *"Schweigekanzler"* zum Wort des Jahres 2018[28] gewählt wurde. Ob du diese frohe Kunde auf deinem T-Shirt und einem Schild transportierst, bleibt dir überlassen.

Solltest du doch etwas von dir geben wollen, dann gibt es grundsätzlich zwei Möglichkeiten.

1) Egal um welche Art der Konversation es mit deinen neuen Urlaubsbekanntschaften geht, beschuldige immer die SPÖ.
Hier einige Beispiele:

Einheimischer: *Was sagen Sie zu DIESEM Wetter?*
Kürzlichkeit: *Wenn Sie dieses hässliche Abendrot meinen, dann kann ich nur sagen, dass mich Lenin und die SPÖ anwidern.*[29]

Einheimischer: *Ringe, hübsche Ringe! Ringe, ganz aus Silber!*
Kürzlichkeit: *Hören's auf mit Ihrer Anpatzerei. Oder hat sie der Silberstein gekauft?*

Solltest du, warum auch immer, die SPÖ-Beschuldigungs-Phrasen nicht so mögen, musst du nicht verzagen. Es gibt noch eine andere Möglichkeit, den Kanzler, wenn er denn einmal etwas von sich gibt, akkurat darzustellen.

2) Wuascht, worum es geht, du fabulierst über die Veränderung, Routenschließung oder Gerechtigkeit im Allgemeinen.

Einheimischer: *Was sagen Sie zu DIESEM Wetter?*
Kürzlichkeit: *Das Wetter ist eine einzige Veränderung. Auch ich bürge für Veränderung. Weil nämlich nur dann, wenn es auch endlich wieder Familien gibt, in denen nicht nur die Kinder in der Früh aufstehen[30], wird der, der arbeitet, nicht mehr der Dumme sein.[31]*

Einheimischer: *Ringe, hübsche Ringe! Ringe, ganz aus Silber!*
Kürzlichkeit: *Die größte Silbermine ist in Australien, aber keine Sorge, die Route von Neuseeland zum Herrn Sellner[32] ist selbstverständlich längst geschlossen.*

Auch wenn du dich von Zeit zu Zeit zu Wort meldest, ist deine Hauptaufgabe dennoch das Schweigen. Das darfst du nicht vergessen, weil du seine Kürzlichkeit sonst nicht adäquat darstellen kannst.

Luxusfaktor ♕ ♕ ♕ ♕

Als Kanzler bist du freilich gewohnt, nur das Beste vom Besten zu genießen. Allerdings gibst du dich, wenn es schon sein muss, durchaus auch volksnah[33] . Denn du weißt, dass sich dank der sozialen Medien selbst ein Trip im Billigflieger zum medialen Großereignis umfunktionieren lässt.

Alternativ kannst du auch standesgemäß mit dem schwarzen Hummer (das Auto, nicht das Viech) vorfahren. Dabei solltest du allerdings nicht vergessen, dich nach dem Aussteigen wie ein Model auf dem Gefährt zu plazieren und gegebenenfalls ein bisschen zu räkeln. Nur so kannst du deiner staunenden Umgebung das wahre *"Geilomobil"*-Feeling[34] zuteil werden lassen.

~ ~ ~

Schramböck, Margarete – Pendeln für die App

Einsatzfaktor	✈✈✈✈✈
Spaßfaktor	😈😈😈😈😈
Luxusfaktor	♕♕♕♕♕

Einsatzfaktor	✈✈✈✈✈

Als Digitalisierungsministerin bist du nicht nur im virtuellen Raum präsent, dir steht auch die ganze echte Welt offen. Dank deiner Expertise mit Wünschelruten, Pendeln und Bachblüten bist du nicht nur überall einsatzbereit, sondern sogar besonders willkommen.

Spaßfaktor	😈😈😈😈😈

Als Margarete Schramböck kannst du nicht nur dich selbst ausnehmend gut unterhalten, du bist auch DER Kracher in jeder Ferienanlage.

Die erste Maßnahme, die du ergreifst, ist die Programmierung einer Hotel-App zur Bestellung der Handtücher für den Pool.[35] Diese verteilst du dann unter allen Gästen, damit das frühmorgendliche Gerangel um die besten Plätze endlich ein Ende hat.

Freilich funktioniert deine App nicht für jeden, was dir viele Freunde unter jenen einbringt, bei denen sie es doch tut.

Bei all jenen, die auf deine Verbesserungen im Verteilungsprocedere unwirsch reagieren, weil sie kein Handtuch bekommen haben, kannst du dich dennoch beliebt machen. Du greifst auf deine Erfahrungen als Energetikerin zurück. Als solche weißt du nämlich ganz genau, wie du die aus deinem App-Desaster entstandene energetische Unausgewogenheit mittels Auswahl der richtigen Düfte, Lichtquellen, Aromastoffe und auch Edelsteine wieder in Balance bringst.

Luxusfaktor ♕ ♕ ♕ ♕ ♕

Du bist auch Wirtschaftsministerin und als solche auch Expertin für das Bildungswesen. Dir ist klar, dass alles so, wie es ist, sicherlich nicht weitergehen kann. Die Wirtschaft kann vieles brauchen, aber sicher keine Gymnasiasten mit unnötiger Allgemeinbildung.[36] Damit du dich nicht mit solchen herumschlagen musst, die in irgendwelchen drittklassigen Hotels ihr Auskommen finden, weilst du nur in den spitzesten Spitzenhotels. Natürlich klärst du vor deiner Anreise das genaue Bildungsniveau der dortigen Angestellten ab. Das treibt deinen Luxusfaktor in die Höhe.

~ ~ ~

Strache, HC – Vize und Neo sind wichtig wie das Deo

Einsatzfaktor ✈

Spaßfaktor 😺😺😺😺😺

Luxusfaktor 👑👑

Einsatzfaktor ✈

Als Vizekanzler und ausgewiesener wie weltweit bekannter ehemaliger Neo-Nazi[37] bist du bei ernsthafter Ausübung deiner Rolle an den germanischen Raum gebunden. Der Heimaturlaub ist freilich das Nonplusultra, aber Germanien, pardon Deutschland, geht auch noch.

Wenn du in Österreich bleibst, dann eignet sich Wels ganz besonders. Vielleicht hast du Glück und triffst dort auf den italienischen Innenminister Matteo Salvini.[38] Sollte dir dieses Glück verwehrt bleiben, so steht dir Italien selbst auch noch zur Verfügung. Und Ungarn freilich, weil du dort mit deinem Busenkumpel Viktor Orbán flirten kannst.[39]

Spaßfaktor 😺😺😺😺😺

Wenn es jemanden gibt, der immer und überall für Spaß sorgt, dann ist es der Vizekanzler und Sportminister. Hier eine kleine Auswahl der Aktivitäten, die du mit deinen Urlaubskollegen unternehmen kannst, um als echter HC zu brillieren:

1) Sporteln an der frischen Luft
Der Klassiker. Veranstalte lustige Übungen im nächstgelegenen Wald. Waffen sollten mit dabei sein, denn die brauchst du
für das gelungene Spiel. Du kannst es *"Paintball"*, *"Gotcha"*
oder auch *"Wehrsportübung"* nennen[40]. Kommt eben darauf
an, wen du für für deine Aktivitäten gewinnen willst. Letztlich
geht es um Bewegung an der frischen Luft im (hoffentlich)
germanischen Raum. Durch den Wald robben und sich hinter
Bäumen verstecken macht jedenfalls mehr her als schnöde
Wanderungen, wie sie der Kanzler unternimmt.

2) Ein flotter Dreier
Solltest du jetzt an ein Abenteuer der amourösen Art gedacht
haben, dann muss ich dich enttäuschen. Vielmehr unterrich-
test du dein Umfeld in der einzig korrekten Bestellung von
Bier. Dies ist so durchzuführen, dass mit der rechten Hand
Daumen, Zeige- und Mittelfinger hochgehalten werden.[41]
Wenn du entdeckst, dass sich Neonazis in deiner illustren
Runde befinden, kannst du ihnen zwecks Einschleimen dein
Bierbestellungsprocedere auch als Kühnen-Gruß verkaufen.
Kannst du, musst du aber nicht.

3) Das Satire-Seminar
Egal ob am Berg, am See oder bei deinen sportlichen Aktivitäten im Wald – Zeit für ein paar erheiternde Worte zum The-
ma *"Satire"* ist immer. Erkläre deinem erstauntem Publikum,
dass faktisch alles lustig ist, solang du *"Satire"* dazuschreibst.[42]

Weiters solltest du klarstellen, dass gelungene Satire erst dann diesen Namen verdient, wenn diese unbotmäßige Journalisten[43] oder Ausländer jedweder Herkunft betrifft. Als Höhepunkt kannst du die Ausführungen mit deinem Wissen ob des Canis lupus (dem gemeinen Fußvolk als *"Wolf"* bekannt) garnieren. Der Übergang zu einer Abhandlung betreffend *"Wolfsschanze"* [44] sollte dann ebenso auf der Hand liegen wie leicht von selbiger gehen.

Luxusfaktor ♛ ♛

Als Vizekanzler, Sportminister und ehemaliger Neonazi solltest du dem Luxus nicht allzu sehr frönen. Deiner Volksnähe, der unbeugsamen Vaterliebe zu deiner Partei[45] muss Tribut gezollt werden. Das tust du am besten, in dem du nicht im Luxushotel, sondern boden- und anständig in einer Pension unterkommst. Dabei solltest auf die Klassiker *"Zur Post"* oder *"Kirchenwirt"* zurückgreifen.

~ ~ ~

Das Highlight des Jahres

Wenn du diesen Führer aufmerksam studiert und alles ord-
nungsgemäß umgesetzt hast, ist davon auszugehen, dass dein
"Sommer in türkis-blau" dein persönliches Highlight des ganzen Jahres war. Wer braucht schon einen persönlichen Feiertag[46], wenn er sein persönliches Jahreshighlight haben kann?
Eben.

Vielleicht hat dich der Führer sogar dazu inspiriert, deinen
Freunden von ihm zu erzählen, die dann ebenfalls ihren Sommer in türkis-blau anlegen - zu Ehren der Regierung und deren Fans. Eine Welle der Solidarität und Freude könnte über
das Land schwappen.

Da würde man es nämlich wieder sehen: jeder noch so kleine
Führer kann die Welt verändern.

Damit der Abschied von Basti, Bumsti & Co. nicht gar so
schwer fällt, empfehle ich dir meine Brieferln an den Herrn
Cousin Innenminister.
https://danielakickl.com/buecher/

Und erwarte stets das Unerwartete. Der nächste Führer ist
nämlich bereits am Entstehen.

Quellennachweis:

[1] *Arme sollen auf Terrasse Gemüse wachsen lassen* – oe24.at

[2] *Blümel in der "ZiB 2" über Anonymität im Netz: "Ein Blödsinn, was Sie da reden"* – derstandard.at

[3] *Gernot Blümel – Die Biennale in Venedig ist die älteste ...* - facebook.com

[4] *"Ich bin die Wärme": Hartinger-Klein dreht im ORF die Temperatur rauf* – diepresse.com

[5] *Wer schafft die Arbeit? Hartinger-Kleins Ausraster zum Karfreitag* – derstandard.at

[6] *Von 150 Euro im Monat leben? "Sicher", sagt Hartinger-Klein* – derstandard.at

[7] *Rauchverbot: Hartinger-Klein kritisiert "grausliches" Vorgehen von Rot-Schwarz* - diepresse.com

[8] *Die imaginären Ladendiebe des Nationalratsabgeordneten Höbart* – diepresse.com

[9] *Polizeieinsatz: Norbert Hofer erlitt Kreislaufkollaps* – kurier.at

[10] *"Reden Sie mit einer Flasche, die redet nicht zurück"* – sueddeutsche.de

[11] *Norbert Hofer klagt Nutzer nach Facebook-Kommentar* – derstandard.at

[12] *Hofer sucht Teststrecke für „Lufttaxis"* - orf.at

[13] *LKW-Abbiegeassistent: Hofers Kehrtwende* – profil.at

[14] *"Pferderasse: Afghanisches Pferd"* - wendy.de

[15] *Ehre, Treue, Narben und Kickl* – orf.at

[16] *Innenminister Herbert Kickl plant eigene Grenzschutzeinheit* - derstandard.at

[17] *Kickl: „Ich habe Recht, Sie haben Unrecht"* - diepresse.com

[18] *Berittene Polizei: Kickl nahm selbst auf einem Pferd Platz* - diepresse.com

[19] *Kickl will Asylrecht verschärfen: Afghanen im Fokus* – kurier.at

[20] *10 Dinge, die wir über Herbert Kickl nie wissen wollten* – kurier.at

[21] *Vertrauensindex für Bundespolitiker in Österreich im April 2019* – de.statista.com

[22] *"Besetzung auf Zeit" in Nordafrika: FPÖ-Wehrsprecher Bösch im Wortlaut* – diepresse.com

[23] *Kunasek streicht inexistente Binnen-I-Order beim Bundesheer* - derstandard.at

[24] *Offiziere in Ministerien verfassungsrechtlich "schwer bedenklich"* – derstandard.at

[25] *Kurz: "Wer verändert, hat Gegenwind"* – oe24.at

[26] *Kurz schenkte Kronprinz einen Lipizzaner* – krone.at

[27] *Berittene Polizei: Lahmende Orban-Pferde vor Austausch* – derstandard.at

[28] *"Schweigekanzler" ist das österreichische Wort des Jahres 2018* – kurier.at

[29] *Kurz in der ZiB 2: "Wenn die SPÖ Lenin verehrt, dann widert mich das an"* - nachrichten.at

[30] *Bundeskanzler Kurz legt sich mit Wien an* – spiegel.de

[31] *Kurz: "Wer arbeiten geht, darf nicht der Dumme sein"* – diepresse.com

[32] *Identitärer erhielt Spende von Christchurch-Attentäter* – br.de

[33] *Kanzler Kurz im Billigflieger wird zum Netz-Hit* – oe24.at

[34] *Mit dem "Geilomobil" ins Staatssekretariat* - derstandard.at

[35] *Wahlkartenpanne und DDoS-Attacke auf Wien, BVT ermittelt* – derstandard.at

[36] *"Gymnasien produzieren am Markt vorbei"* – heute.at

[37] *As Far Right Rises, a Battle Over Security Agencies Grows* – nytimes.com

[38] *FPÖ OÖ lädt Matteo Salvini zum Wels-Urlaub ein* – heute.at

[39] *EU-Wahl: Strache-Flirt mit Orbán* – oe24.at

[40] *Heinz-Christian Straches Jahre in der Neonazi-Szene* – sueddeutsche.de

[41] *FPÖ: Drei rechte Finger* – profil.at

[42] *Strache entschuldigt sich bei Wolf für „Satire"-Posting* – orf.at

[43] *ORF-Journalismus: "Unbotmäßig"* – derstandard.at

[44] *Hitlers Wolfsschanze: ein historischer Ort* – dw.com

[45] *FPÖ-Landesparteitag (6) - Strache: „Meine Partei schütze ich wie ein Vater"* - ots.at

[46] *Fragen zum Karfreitag: "Persönlicher Feiertag" erregt Gemüter* - kurier.at

Wenn du noch immer nicht genug von Basti, Bumsti & Co. hast, kann dir geholfen werden. Besuche bod.de/buchshop/ oder sonst das Internet oder eine Buchhandlung.

Daniela Kickl

Lieber Cousin
Herbert ...

Dokumentation eines humorvollen
Widerstandes

Mit Illustrationen von Michael Dufek

Die Brieferl No.1 bis No.50 beinhalten den Zeitraum von 11. November 2017 bis 20. März 2018

Der zweite Band umfasst die Brieferl No.51 bis No.100 und damit den Zeitraum 21. März 2018 bis 3. August 2018

Daniela Kickl

Lieber Cousin
Herbert ...

Beritten nach Schasklappersdorf

Mit Illustrationen von Michael Dufek

Daniela Kickl

Lieber Cousin
Herbert ...

Von falschen Propheten
und echten Ungustln

Mit Illustrationen von Michael Dufek

Im dritten Band findest du die Brieferl No.101 bis No.150 und deckst damit den türkis-blauen Zeitraum von 4. August 2018 bis 8. Jänner 2019 ab